마음이 힘들 땐 고양이를 세어 봐

✦

토마쓰리

프롤로그 Prologue

고양이를 세어 보세요

하나 둘 셋 넷.

저도 모르게 속으로 세어 볼 때가 있어요. 긴장이 되거나 머리가 복잡할 때면 어김없이 눈앞의 창문이나 길바닥의 블록, 담벼락 위의 고양이들을 세어 봐요. 열을 넘어가는 순간 어지럽던 생각이 동그랗게 모여요. 고요하고 편안하게. 마치 아무 일도 없던 것처럼요.

숫자를 세는 버릇은 아주 오래되었어요.

요즘 여름처럼 덥지 않던, 그늘이 서늘했던 여름이 떠올라요. 유치원에서 돌아오면 유리잔 가득 미리 따라져 있던 차가운 보리차를 마셨어요. 그리고는 신이 나서 벌떡 일어나 허리부터 어깨까지 힘을 주고 서서 1부터 30까지 숫자를 자랑스럽게 소리쳐 말했어요. '삼십'이라는 단어를 내뱉자마자 할머니는 박수를 치며 칭찬을 해 주셨어요.

"어이구, 잘한다."

그렇게 매일매일 칭찬을 받으며 숫자 세기는 백, 이백, 삼백까지 늘어났어요.

서른 살이 훌쩍 지나버린 요즘도 따뜻한 말과 마음은 어릴 때처럼 언제나 필요해요. 아침에 일어나 출근 준비를 할 때도, 놓칠 뻔한 버스를 잡아 탔을 때도 칭찬을 받고 싶어요. 삼십까지만 숫자를 세어도 박수와 칭찬을 받고 싶은 그런 마음이 드는 날엔 저도 모르게 속으로 숫자를 세기 시작해요.

하나 둘 셋 넷. 어이구, 잘한다.
모든 것이 괜찮아지는 마법 같은 말이에요. 다시 힘을 내 볼 수 있는 따뜻하고 단단한 마음.

이제는 혼자만 갖고 있던 마법 같은 말과 마음을 모두와 나누고 싶어요. 그런 마음으로 차곡차곡 모은 그림과 글을 네모나게 엮어 보았어요.

모든 것이 괜찮아지길. 힘들었던 마음이 고양이 발바닥처럼 말랑해지길 바라요.

마음이 힘들 땐 고양이를 세어 봐.
하나 둘 셋 넷.

토마쓰와 친구들

토마쓰

호기심 많은 10살 어린 아이 토마쓰.
겁이 많아서 혼자 떠나는 모험은 두렵지만
깊은 숲도 높은 언덕도
친구들과 함께라면 얼마든지 괜찮다.
비늘언덕 꼭대기에 있는 작은 집에서
개구리 박사 로니,
어항 로봇 푼과 함께 살고 있다.
언제나 친구들과 요정들이 놀러 오는
토마쓰의 집은 동네에서 가장 시끌벅적하다.

✦
로니

일명 개구리 박사 로니.
마을의 소문난 천재 개구리다.
등교하는 토마쓰의 주머니 속에
몰래 들어갔던 날
꾸벅꾸벅 졸고 있는 토마쓰 옆에서
수업을 듣다가 천재가 되어 버렸다.
매일 아침부터 밤까지 지하 작업실에서
로봇을 연구하고 발명한다.
부슬부슬 비를 사랑해서
이따금 직접 발명한 구름 로봇을 타고
비와 눈을 뿌리며 돌아다닌다.

하고 싶은 것이 많은 곰돌이 데이지.
토마쓰와는 마법 화방에서 만나서 친구가 됐다.
그곳에서 우연히 시작한 그림 그리기는
데이지의 인생을 바꾸었다.
이후 마법화방 2층에 조그만 작업실을
만들어서 그곳을 '데이지 드로잉 클럽'의
아지트로 쓰고 있다.
클럽 회원은 토끼 디비디와 고양이 딥
둘뿐이다.

하고 싶은 것이 많은 데이지는
그림 외에도 농장과 빵집 운영 등
다양한 일을 한다.
뭐든 잘하지는 못해도, 내가 즐거우면 됐다는
건강한 사고방식을 갖고 있다.
데이지가 운영하는 곰돌이 빵집은
마을에서 유명하다.
특히 포근한 곰돌이빵은
마을 주민 모두가 사랑하는 간식이다.

두두지

항상 바쁜 두더지인 두두지.
살고 있는 언덕을 꽃이 가득한
정원으로 꾸미는 꿈을 갖고 있다.
추운 겨울이 다가오면 정원 대신에
집을 꾸미기 시작한다.
친구인 개구리 로니의 추천으로
정원과 집에 관한 조그만 책을 쓰고 있다.

어항 로봇 푼.
단짝인 빨간 물고기와 매일 함께 시간을 보낸다.
앞으로 걷는 것만 할 줄 아는
어항 로봇이지만
그 능력 덕분에 어디든 갈 수 있다.
어항 로봇 푼의 꿈은
빨간 물고기와 함께
세계를 한 바퀴 도는 것이다.

튤립 요정

튤립을 사랑하는 튤립 요정.
메말라 버린 화분 유령의 소중한 친구다.
화분 유령이 여행을 하고 싶다고
바퀴를 다는 날이면
이곳저곳을 함께 다녀 주는 착한 요정이다.

뿔소라 요정

조용한 바닷가에서
우연히 태어난 뿔소라 요정.
파도 할머니가 만들어 준 마술 지팡이로
마을 곳곳에 마법을 부리는 탓에
마을이 조용할 날 없다.
가장 자신 있는 마법은
'어제 꿨던 꿈을 현실로 만들기'다.

쌍둥이 체리 요정.
감정에 솔직해서 때론 밝게 웃기도
때론 시원하게 화를 내기도 한다.

체리 판다

분홍빛 판다.
이름은 체리지만 체리를 좋아하진 않는다.
그런 체리 판다가 좋은 체리 요정들은
항상 체리 판다를 따라 다닌다.

토끼 삼둥이

항상 각기 다른 곳을 바라보지만
결국 언제나 함께 움직이는 삼둥이.
첫째는 앞만 보고
둘째는 더 재밌는 걸 찾으려고
위를 기웃거리고
셋째는 아래를 보며
놓친 것들을 다시 살펴본다.

곰돌이 요정

눈에 띄지 않는 곳에 가득한 곰돌이 요정.
갑자기 포근한 기분이 든다면
곰돌이 요정들의 마법 덕분일 것이다.

강아지 요정

곰돌이 요정의 단짝인 강아지 요정.
마법은 부리지 못하지만
마법보다 더 강력한
복슬복슬 귀여움을 가지고 있다.

Part 1

행복을 크게
한 입 먹어 봐

걱정 마

푹 자고 일어나면 봄이 올 거야

네가 포근한 겨울잠에 빠져 있을 때

그 곁을 내가 지켜 줄게

온통 처음 해 보는 것들이야

너무 좋아

사실 너와 함께여서

더욱 신나는 처음이란 걸

너는 알까

설탕이 되고 싶어

너의 하루를

달콤하게 만들어 줄 거야

너와 내가 그린 우리만의 하루

분홍빛 하늘, 초록색 풍경, 노란색 친구들

사랑하는 마음을 그렸어

물건에는 저마다의 추억이 스며 있어

손톱만 한 기린 조각상도

아기 고양이를 업은 오리 조각상도

그래서 하나하나 너무 소중해

소품을 모아 놓은 장식장은 한 권의 앨범이야

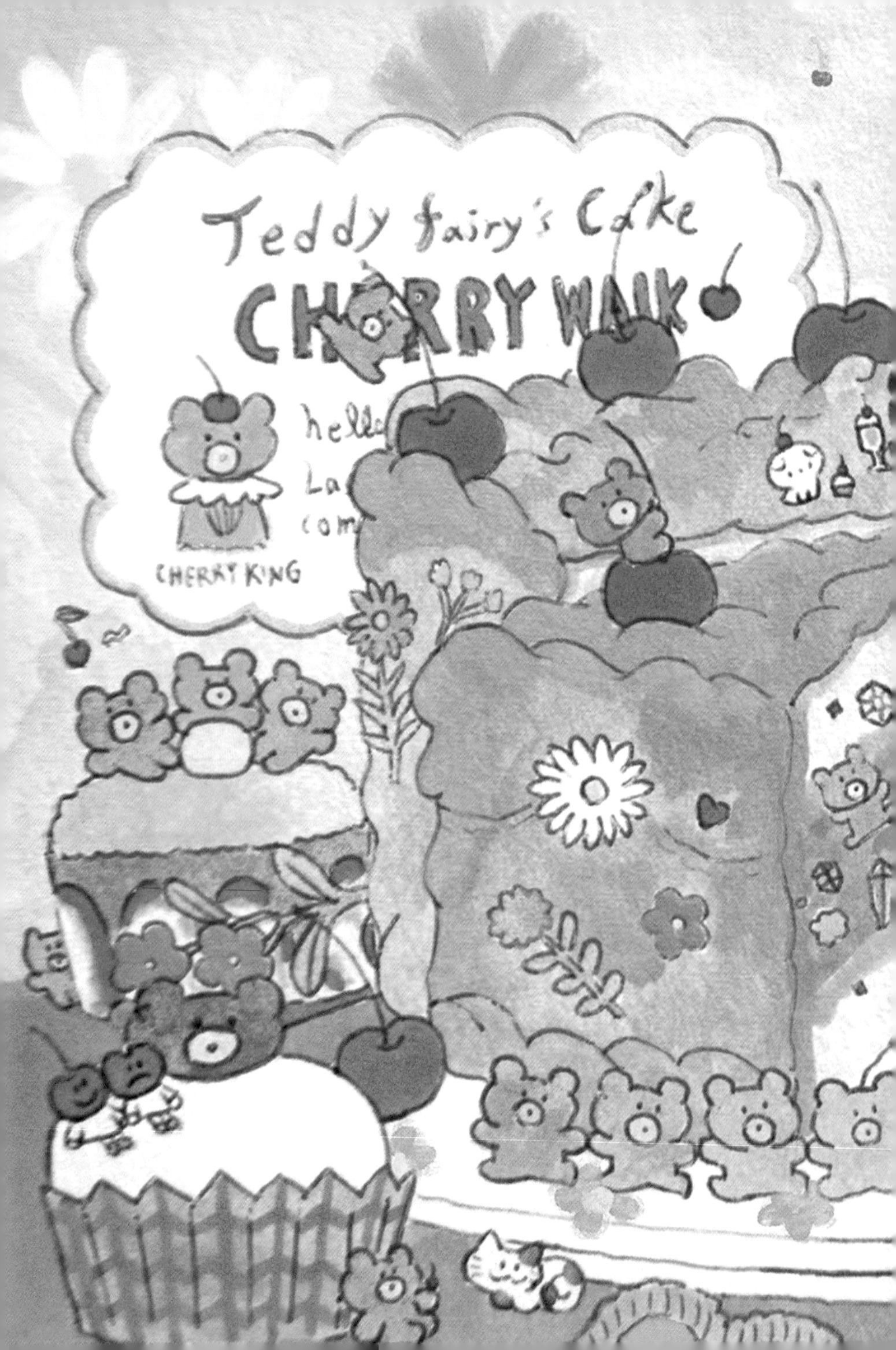
Teddy fairy's Cake
CHERRY WALK
CHERRY KING

나쁜 꿈도 사르륵 녹여 주는

케이크 한 입

크림처럼 부드러운 너의 말 한마디

머리가 복잡할 땐 곰돌이를 세어 봐

하나 둘 셋 넷

모든 게 사랑스러워지는 주문

뾰족한 마음

여린 마음

축축한 마음

까끌한 마음

이런 마음들로 도란도란 모여

함께 달콤한 것을 먹으면

어느새 마음들이 돌돌돌 굴러가

동그랗게 뭉쳐져

예쁜 구슬처럼

마주 앉아 네 이야기를 시작해 봐

내가 모두 들어 줄게

처음부터 짙푸를 수는 없어
연둣빛부터 차근차근 시작하자

매일 조금씩 자라나고 있어

점점 단단해지는 나를 지켜봐 줘

멍멍

널 만나서 배운 것들이야

풀 속에 핀 작은 꽃들을 찾기

비 오는 날 우산 없이 춤추기

눈을 감고 바람이 하는 말 듣기

어제와 색이 다른 잎사귀 발견하기

지나가는 구름 위에 걱정 덜기

반짝이는 별에게 꿈 말하기

꿈속에서 널 만나기

오늘도 꿈속에서 만나

멍멍

고요히 흐르는 시냇물 한가운데에
돌을 놓았다고 괴로워하지 마
누군가는 그 돌을
징검다리 삼아 건널 거야

주전자 가득 따끈한 홍차
생크림 듬뿍 바른 케이크에 톡 얹은 체리
행복은 멀리 있는 게 아니었어
아주 평범한 것에서 찾아내면 돼

알록달록 봄 사세요
아주 따뜻하고 기분 좋은 봄 행복이에요

너의 마음은 꽃이 가득한 꽃바구니 같아
자꾸 나비처럼 너의 향기를 따라가게 돼
따뜻한 마음에선 좋은 향기가 나는 걸까
항상 봄 같은 너의 마음을 좋아해

꽃을 보면 떠오르는 사람들을
더 아끼고 좋아해 줘

튤립을 보면 네가 생각나
방긋방긋 따스한 인사를 해 주는 너를
아끼고 좋아해

나도 너의 봄꽃이 될게

지도는 두고 와도 돼
우린 이제 지도에 없는 길을 찾아갈 거야

나는 붓질이 서툴지만
아주 아주 큰 그림을 그릴 거야
봐봐
나의 서툴고 뭉툭한 붓 터치는
큰 캔버스 위에서 멋진 그림이 돼
자, 너도 큰 캔버스를 꺼내 볼래?
너의 그림이 어떻게 완성될지 너무 기대돼

오늘 하루는 좋아하는 친구로 꾸며보는 건 어때요

친구가 좋아하는 분홍색 크림 소다

친구가 준 분홍 장미꽃

친구에게 받은 사랑의 편지

친구를 닮은 하트 토스트

따르릉, 친구에게 전화도 걸어 보세요

좋은 아침이야

오늘은 어디서 만날래?

눈에 보이는 바람을 좋아해요

분홍 꽃잎이 휘날리고

종이 모빌이 뱅뱅 도는 날이면

창문을 열고 바람을 기다려요

눈에 보이는 따뜻한 마음을 좋아해요

친구가 멀리서 활짝 웃으며 달려오면

몽글몽글 들뜬 마음으로

두 팔 벌려 친구를 기다려요

눈물과 따뜻한 마음이 만나면 무지개가 뜬대

앞에 서 봐

눈물은 부끄러운 게 아니야

너의 따뜻한 마음과 눈물은

커다랗고 반짝이는 무지개를 만들 거야

널 보드랍게 감싸는 무지개를 그려 줄게

가까이 서서 좁게 그림을 보지 말고

한 발자국 뒤에 서서 전체를 바라봐

지금은 그곳이 아니라 다른 곳을 채워야겠지?

한 템포 쉬어 보면 열 템포 뛰어넘을 붓 터치가 보일 거야

오늘만을 기다려 왔어
추웠던 겨울이 가고 눈이 사르륵 녹아
따사로운 봄비로 내리는 날
이제는 날개를 펼칠 시간이야

모아 먹는 즐거움을 알려 줄게
네가 고른 마음, 체리, 푸딩
내가 고른 사랑, 딸기, 케이크
모이면 모일수록 행복해지는 시간

붓들은 생각보다 모양이 쉽게 변해
옆으로 휘기도 양쪽으로 갈라지기도
지푸라기처럼 제멋대로 변하기도 하지
새 붓처럼 끝이 똑바로 모이지 않아 볼품이 없어 보여도
각자 가장 잘하는 것들이 있어
휘어버린 붓은 맘대로 찍히는 점을 그리기에 좋고
양쪽으로 갈라진 붓은 우거진 풀을 그리기에 완벽해
지푸라기 같은 붓은 부숭부숭한 털을 아주 쉽게 그리지
어떤 모양이든 쓸모없는 것은 없어
모두 근사한 붓들이야

좋은 아침이야

아침엔 동그란 얼굴로
따뜻한 인사를 건네고
해가 지면 달빛처럼
포근하게 안아 주는
너의 꽃말은 사랑이야

난 여름도 가을도 겨울도 너무너무 멋지거든요!

– 봄만 기억하는 사람들에게, 벚나무가

괜찮아, 다시 돌아올 걸 알아

Part 2

젖은 마음은
햇볕에 말리자

야옹 야옹
그렇게 모든 일에 뜨거우면 덥지 않나옹
때론 시원하게 쉬어 가는 것도 괜찮다옹
몸도 마음도 더위를 먹어 버리기 전에
여기 앉아서 달콤한 아이스크림을 먹어 보라옹
한 컵 가득 먹고 다시 힘내자옹

빗길도 마냥 같이 걸어 주는 친구
작은 우산을 나눠 쓰느라
어깨가 비에 다 젖어도
비가 참 예쁘다고
너와 함께 걸어서 좋다고 말해 주는 친구

마음이 힘들 땐 고양이를 세어 봐

하나 둘 셋 넷

그늘에 잠깐 들어와 봐
뜨거운 햇볕 아래에선
보이지 않던 것들이
또렷하게 보일 거야
때로는 그늘에서 쉬어야
비로소 보이는 것들이 있지
저 멀리 무지개가 보여?
우리가 갈 곳이야

걱정 돼

웃자란 마음은 여려서

툭, 하고 치면 쉽게 꺾여 버리더라

빨리 나아가려고 애쓰지 않아도 괜찮아

잠시 멈춰서 숨을 한번 크게 쉬어 볼까?

더 튼튼하게 자랄 수 있도록

마음에 지지대를 심어 주고

흙도 따뜻하게 덮어 줄게

비바람이 불더라도

무럭무럭 자라나서

예쁜 꽃을 피우고

탐스러운 열매를 맺어낼 수 있도록

징검다리로 통통 건너가면
발이 젖지 않아 편하지만
너무 쉬워서 재미가 없어
오늘은 풍덩 빠져 볼래
첨벙첨벙 물을 헤치고 걸어가면서
돌 밑에 숨은 친구들을 만날 거야

햇빛 조각을 똑 떼어다 주면

네 마음이 좀 나아질까

한낮의 해처럼 밝게 웃으며 살았어
다들 햇빛을 제일 좋아하는 거 같아서

하지만 아니더라
흐린 날이 좋은 사람
비가 좋은 사람
하얀 눈이 좋은 사람
모두의 마음은 달라서
모두의 마음에 들기는 힘들어

이제 '해'라는 가면을 벗고
비도 오고 눈도 오고 안개도 살짝 끼는
솔직한 내 얼굴을 보여줄 거야

직접 보기 전까진 믿지 않았어
바다의 색깔이 모두 다르다는 걸
너의 마음도 직접 보러 가 보자
하얀 배를 타고 파도를 넘어 보자
너의 마음이 여러 색깔을 가지고 있다는 걸
알게 될 거야

소나기에 놀라는 날
가랑비에 흠뻑 젖는 날
일주일 내내 비가 쏟아지는 날
굵은 빗방울에 휘청거리며 버티다 보면
어느새 무럭무럭 자라있는 나

친구야
선풍기를 너무 세게 틀지 말아 줘
내 마음이 펄럭펄럭 이리저리 휘날리거든
지금은 살랑살랑 부는 부드러운 바람에
마음을 맡기고 싶어

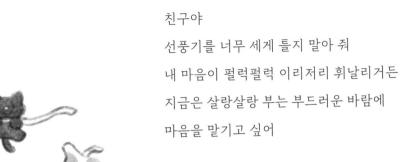

그러다 회전 버튼을 눌러서 방향이 바뀌면
새로운 것을 찾아 바람을 타고 날아갈 거야
누구보다 멀리멀리

무거운 마음은 오래 갖고 있지 마
걱정은 후후 불어서 구름 위에 툭 덜어 버리자
파란 하늘에 흘러가는 하얀 구름처럼
걱정들이 동동 떠나가 버릴 거야
그러면 마음이 사르르 가벼워져

어지럽게 파인 모래 같은 마음도
시원한 파도 한 번이면 보드랍게 메워져
마음속 어지러운 말들은
모두 모래 위에 적어 놓고
잠시 바닷바람을 쐬며 걸어 보자
다시 돌아왔을 땐
파도에 마음이 다시 매끈해져 있을 거야
이젠 네가 좋아하는 그림들만 그려 볼까?

하루가 행복해지는 습관 하나
자기 전에 오늘 만난 꽃 이야기를 하기
길가에서 만난 민들레
바위틈에서 만난 물망초
울타리에서 만난 장미 넝쿨
얘기하다 보면 어디에나 꽃이 있다는 걸 알게 돼
네가 어디서나 무엇이든 피워낼 수 있는 것처럼

Daisy loves
flower
and fairy

마음이 햇살처럼 밝을 때
함께 해 주는 친구들
나의 행복을 바라는
나의 소중한 친구들

마음에 불을 끄고 쉴 때도

함께 해 주는 친구들

나의 편안한 밤을 바라는

나의 소중한 친구들

마음에 난 잡초 덕분에 내 마음은 초록색이야
잡초가 여기저기 자라나도 괜찮아
억지로 뽑아내지 않아도 돼
마음이 빈틈없이 채워져서
더 완벽한 초록빛 공원이 되었거든
친구들이 놀러 오면 자랑할 거야
꽃도 나무도 잡초도!
정말 완벽한 마음이야

파랗게 여름 냄새가 날 때면
너와 훌쩍 떠나고 싶어져
여행 중에 만날 뜨거운 햇볕도
소란스러운 소나기도 무섭지 않아
너와 함께라면 어디든 새롭고 재밌을 거야

바다 깊숙이 숨겨 두었던 꿈이 있니
이젠 그 꿈을 꺼내 볼 때야
진흙을 걷고 껍데기를 열어 봐
반짝이는 꿈이 나타날 거야

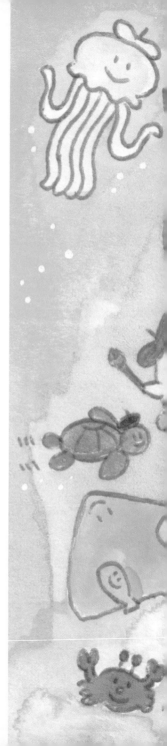

하루 종일 머리 위에 먹구름이 낀 것 같은 날이야
이럴 때마다 내가 하는 방법을 하나 알려 줄게
분명히 너도 좋아할 거야

자, 일어나서 오른발을 들어 봐
그리고 왼팔을 펄럭펄럭 흔들어 봐
이제 뒤를 돌아보면
누구보다 귀여운 그림자가 있을 거야
뒤뚱뒤뚱 동글동글
하하하 웃어 봐

너와 언제나 함께하는 친구가 될게
곁에 있기만 해도 포근하고 힘이 되어 주는 친구
오늘부터 내 꿈은 고양이 같은 친구야
야옹

부서지는 파도에 깎인

동그랗고 빛나는 단단한 마음

이 비도 금방 지나갈 거야

Part 3

저마다 반짝이는

순간이 있어

우리 모두 모험을 떠나자
작은 모험이 모여서
큰 꿈이 되는 거야

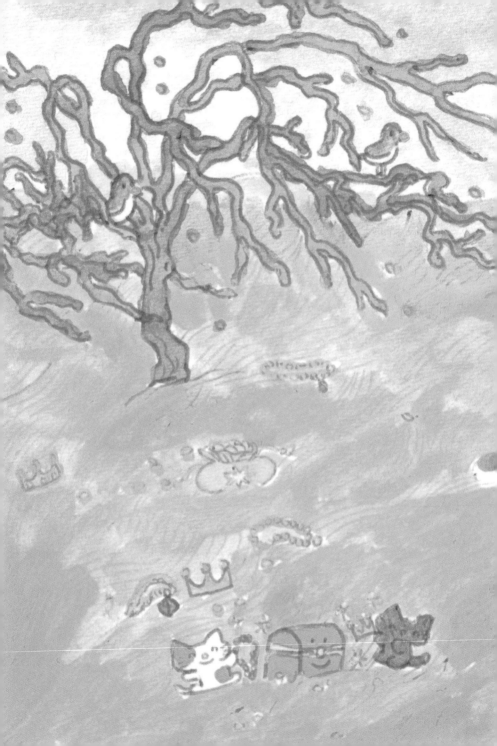

바람이 휭휭 불어서
길 밖으로 몸이 밀려나도 걱정하지 마
우리만의 모험이 시작된 거야
길 위에서는 만나지 못할
보물들을 만날 수 있어

오늘도 처음 해 보는 것들로 채워 볼까
쏟아진 밀가루같이 엉망인 아침
망친 반죽같이 찐득찐득한 점심
엉망진창인 하루지만 자꾸 웃음이 나
너랑 함께면 서툴지만 재밌어
내일은 어떤 새로운 걸 해 볼까

마음속에 너만의 작은 비밀의 숲을 만들어 보자

행복한 기억을 담은 꽃을 심고

변치 않을 나무를 몇 그루 심어 봐

언젠가 마음이 지칠 때 생각지도 못한 곳에서

추억이라는 소중한 열매를 찾을 수 있을 거야

오늘 꿈에서도 만나
초원을 닮은 초록 배를 타고
마법으로 피어난 꽃들을 바라보며
해가 노랗게 질 때까지 함께하자

둘이 함께해야 더 달콤한 것들을 알려 줄게
버터와 팥이 들어 있는 앙버터
소보로와 딸기잼이 들어 있는 소보로 딸기빵
멜론과 생크림이 들어 있는 생크림 멜론빵
옥수수와 감자가 들어 있는 옥수수 감자빵
그리고 너와 내가 함께하는
달콤한 빵 같은 오늘 하루

오늘도 고생 많았어
자, 마음껏 골라 봐
널 위해 만들었어
설탕 묻힌 꿈 도넛
달콤한 크림이 가득 든 마음빵
촉촉하고 포근한 위로 식빵
슬픔도 달게 느껴지는 쓴 커피빵

너에게 빵집 같은 친구가 되고 싶어

날 만나고 돌아가는 길이 행복했으면

동그란 빵은 내 따뜻한 마음이야
마음을 먹고 먹고 먹다 보면 마음이 커져서
무슨 일이 생겨도 용감해질 거야
어서 와, 동그란 빵을 나눠 먹자

야옹
우리는 못 가는 곳이 없는
고양이 지붕 배달 야옹이들
길이 막혀서 앞으로 가지 못할 땐
울지 말고 다른 길을 찾으면 된다옹
지붕 위로 올라왔더니 저 멀리 목적지가 보인다옹
보라옹. 우리가 못 가는 곳은 없다옹
다시 힘차게 출발이다옹

열매가 끝이 아니라는 건 알고 있지?
모두 땅에 떨어져도 슬퍼하지 마
열매 속 씨앗은 다시 꽃이 되고 나무가 돼
너의 떨어진 마음도 씨앗을 남기고
곧 푸른 싹이 돋아날 거야
따뜻한 햇살을 기다려 보자

바다를 건너면 바닷바람이 되고
산을 타고 오르내리면 산바람이 돼
하나씩 정복할 때마다
더욱 단단해진 나를 느껴
과정은 힘들지만 해내고 나면
남들과는 다른 바람이 되니까
자, 다음에는 어디로 갈까?

찻잔에 담아 볼까

주저하는 여린 마음

꺾이기 쉬운 억센 마음

끝이 신경 쓰이는 떫은 마음

각설탕을 퐁당 넣어 휘휘 젓고

후후 김을 불어서 꿀꺽 삼켜 버리자

한 잔 다 마시고 나면

방긋, 웃음이 나올 거야

이제 따끈한 용기가 느껴지니?

너는 무엇이든 할 수 있어

드디어 주위에서
너의 색깔을 알아보기 시작했어
황금처럼 빛나는 너의 마음을

초록 마음 밑에 숨겨 놓았던
색색 마음들을 마음껏 꺼내 봐
치즈 같은 마음
빨간 사과 같은 마음
초콜릿색 마음
오렌지빛 마음

꿈꾸던 방이 있니?

아주 작은 꿈부터 이뤄 보자

눈에 아른거리던 조명

조그만 화분, 손바닥만 한 액자

조금씩 조금씩 채워 나가다 보면

어느새 꿈꾸던 방이 완성될 거야

너의 마음도 조금씩 조금씩 채워 나가 볼까

잔잔해서 행복한 날이야
너와 함께 앉아서 빵에 버터를 발라 한 입 베어 물고
좋아하는 영화를 보면서 시시콜콜한 이야기를 나누는 날
잔잔히 만드는 우리만의 따뜻한 하루

네가 좋아하는 시간만 모아 봤어

기억날 때마다 예쁜 붓질을 하며 꾸며 주고 있지

힘든 시간이 올 때면 내 작업실에 놀러 와 줘

모아 놓은 너와의 시간을 보여 줄게

너와 함께 볼 수 있어서 다행이야

다음은 어디로 가 볼까

세상에서 가장 달콤한 빵을 찾아가 볼까

아니면 빵 냄새를 따라 가볍게 훌쩍 떠나 볼까

너와 함께라면 매일매일이 행복한 모험이야

너를 만나고 모든 계절을 사랑하게 되었어
너와 함께한 시간이 사계절 안에 스며들었어
봄에 갔던 공원, 여름에 먹었던 과일
가을에 만난 나무, 겨울에 함께한 식사
기대되는 다음 계절

Part 4

따뜻하게
손을 잡아 줄게

몽실몽실 꿈 카페에 놀러 와
따뜻한 별빛 밀크티와 달빛 카푸치노를 준비했어
포근한 구름 소파에 앉아서 한 모금 마시면
마음속에 쌓였던 힘든 말들이
따뜻한 거품에 녹아 버릴 거야

친구가 함박눈을 좋아한다 했다고

추운 것까지 좋다는 말은 아니었을 거야

따뜻하게 손을 잡아 주자

너와 함께 다리를 건너기만 해도
모험이 되는 계절이야
좀 돌아가더라도 재미만 있으면 되지
우리 둘만의 지도를 만들어 보자

네 마음에 겨울이 왔다고 했지?
호수가 차갑게 얼어야 할 수 있는 것들이 있어
같이 썰매를 타고 빙글빙글 춤도 춰 보자
봄은 꼭 돌아올 거야
봄이 오기 전까지 재밌게 놀아 보자

오늘도 밖은 너무 무서웠어

이리저리 도망 다니기만 했던 하루야

그러다 발을 헛디뎌서 넘어졌지 뭐야

꽈당, 하고 넘어진 김에 누워서 쉬어 버렸어

마음이 잔잔히 가라앉으면 툭툭 털고 일어날 거야

그리고 다시 시작해 볼 거야

낮이 짧아지고 밤이 길어지는 겨울
해가 이른 작별 인사를 하고 들어가면
우리도 하루 종일 켜 두었던 불을 끄고
차분히 쉬는 시간을 갖자
오늘 하루는 어땠어?
재밌는 일이 있었니?
도란도란 얘기를 나누다가 스르륵 잠이 드는 거야
옆에 있어 줘서 고마워
네가 있어 더 따뜻한 겨울이야

하얗게 성에가 낀 내 마음에
조그만 하트를 그려 주는 내 친구들
정말 고마워

찰칵찰칵
우린 아픔도 슬픔도 함께하는 친구들

겨울엔 사람들이 푹신해져서 좋아

1절 2절

널 만나서 채워지는 노랫말들

오늘 하루 끝에는 도돌이표를 그렸어

너와 함께 영원히 우리의 노래를 부를 거야

소중한 오늘을 잊지 않을게

물감에서 짜낸 하얀색은 다 똑같아서 어쩐지 재미없어
따뜻한 노란 물감을 조금 섞어 볼까?
햇빛 아래서 신나게 춤을 추고 노래를 부른 듯한
좀 더 따뜻하고 활기찬 하얀색이 되었어
여기에 차분한 회색 물감을 조금 넣으면
또 다른 하얀색이 되지
네가 원하는 것을 알게 되면 만들어 내는 건 쉽고 재밌어
조금 더 너의 마음을 세심하게 살펴볼까?
따뜻해지고 싶은지, 차분해지고 싶은지, 신나고 싶은지
조금씩 조금씩 섞어 가면서 너만의 색깔을 만들어 보자

슬픔은 오래된 눈처럼 쌓아 두지 않을래
닿자마자 스르륵 사라지는 진눈깨비처럼
나쁜 마음은 빠르게 녹여 버리자
시간이 지나면 사라지는 서리처럼
울적한 마음은 따뜻하게 녹여 버리자

반짝이는 별처럼 떠 있는 마음도 있지만
돌처럼 굴러다니는 마음들도 바라봐 줘
별보다 가까이에 있을 거야

슬픔은 물에 녹는대
따뜻한 물속에 마음을 담그면
슬픔이 스르륵 사라져
자, 이제 거품으로 슥삭슥삭
뽀득뽀득 빛을 내 보자

시작은 달달하게 해 보자고
어차피 쓰고 떫은 일들이 많잖아
마음에 까끌하게 남는 맛들은
달달한 것들로 보드랍게 해 주자

사이사이 비어 있는 시간을 물들여 볼까요

사랑이 물든 분홍빛 시간

친구들의 웃음을 닮은 연둣빛 시간

따뜻한 햇빛을 담은 노란빛 시간을 한 겹 한 겹 쌓다 보면

하나뿐인 포근포근 무지개떡 하루가 되어요

겨울을 좋아하는 너에겐
오래오래 하얗게 남아 있는 눈이 되고 싶어
네가 넘어지면 포근하게 안아 줄 수 있고
네가 심심해하면 썰매를 태워 줄 수 있는
하얀 눈이 되고 싶어
내일도 내 겨울 정원에 놀러 와

창밖으로 펑펑 내리는 눈을 보니 네 생각이 나

내게 눈사람처럼 반가운 너

눈오리처럼 귀여운 너

뽀득뽀득 써 내려간 작은 편지

오늘도 고마워

언제나 고마워

어젠 생각이 참 많았던 밤이었지?

오늘은 따스한 것들이 가득한 밤

걱정 없이 편안한 밤을 보냈으면 좋겠어

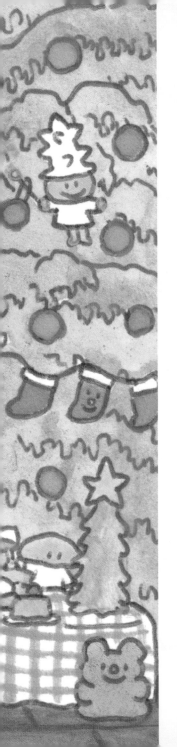

밤새 고른 내 마음들
네 맘에 들었으면 좋겠어

올해 내가 얻은 초능력이야
너의 마음을 움직이고
갖고 싶은 선물을 미리 알아낼 수도 있지
그리고 이 식탁에서 네가 가장 좋아하는
음식을 찾을 수도 있어
너를 만나 갖게 된 나의 귀여운 초능력

올해도 함께여서 네가 행복했기를
다음 해에도 너의 꿈이 가득하기를

동그란 마음을 담았어요

　몇 년 동안 모아둔 그림들과 짧게 메모했던 글들을 다시 꺼내 보면서 많은 동그라미가 떠올랐습니다. 이 그림을 그릴 때의 동그란 마음, 저 글을 그릴 때의 둥그런 마음과 땡그란 마음.

　여기저기 통통통 튀어 다니던 동그란 말과 마음들을 네모난 책에 엮고 나니 흩어져 있던 시간이 모여 잔잔한 행복이 되었습니다.

　잔잔한 행복, 이 다섯 글자는 그림 속에 한 글자씩 새겨 넣으려고 합니다. 힘들고 지치는 때가 오더라도 잔잔한 행복이 있다면 어떠한 일도 파도 타듯 넘어갈 수 있다는 걸. 강한 행복, 진한 행복, 싱거운 행복같이 다양한 것들을 여러 해 겪다 보니 역시나, 잔잔한 것이 오래오래 새벽까지 물결을 치게 합니다. 그 물결을 타고 앞으로 나가다 보면 내리던 비도 강한 태풍 바람도 어느새 지나가 버립니다. 그렇게 나아가다 도착한 섬에서는 매일매일 행복이 가득 피고 자라길 바랍니다.

웃음을 알려준 부모님, 마음을 알려준 할머니, 응원을 알려준 동생과 영원 씨, 그리고 용기와 잔잔한 행복을 알려준 포롱에게 고마운 마음을 전합니다. 그리고 오랜 기간 함께 책으로 엮어 주신 부크럼 분들과 곁에서 힘을 준 친구들에게도 잔잔한 행복을 전합니다.

바람 한 점 불지 않는 심심한 날에도 잔잔한 물결이 노래처럼 느껴지기를. 그때마다 이 책이 위로가 되기를 바랍니다.

하나 둘 셋, 토마쓰리 드림
2022. 7.

마음이 힘들 땐 고양이를 세어 봐

1판 1쇄 발행 2022년 07월 20일
1판 6쇄 발행 2024년 04월 02일
1판 7쇄 발행 2025년 01월 08일

지 은 이 토마쓰리

발 행 인 정영욱
편집총괄 정해나
기획편집 라윤형
디 자 인 차유진

펴낸곳 (주)부크럼
전 화 070-5138-9971~3 (도서기획제작팀)
홈페이지 www.bookrum.co.kr
이메일 editor@bookrum.co.kr
인스타그램 @bookrum.official
블로그 blog.naver.com/s2mfairy
포스트 post.naver.com/s2mfairy

ⓒ 토마쓰리(이정환), 2022
ISBN 979-11-6214-407-7 (03800)